NOS

QUATRO PASSOS SOBRE O VAZIO

MARCIA TIBURI

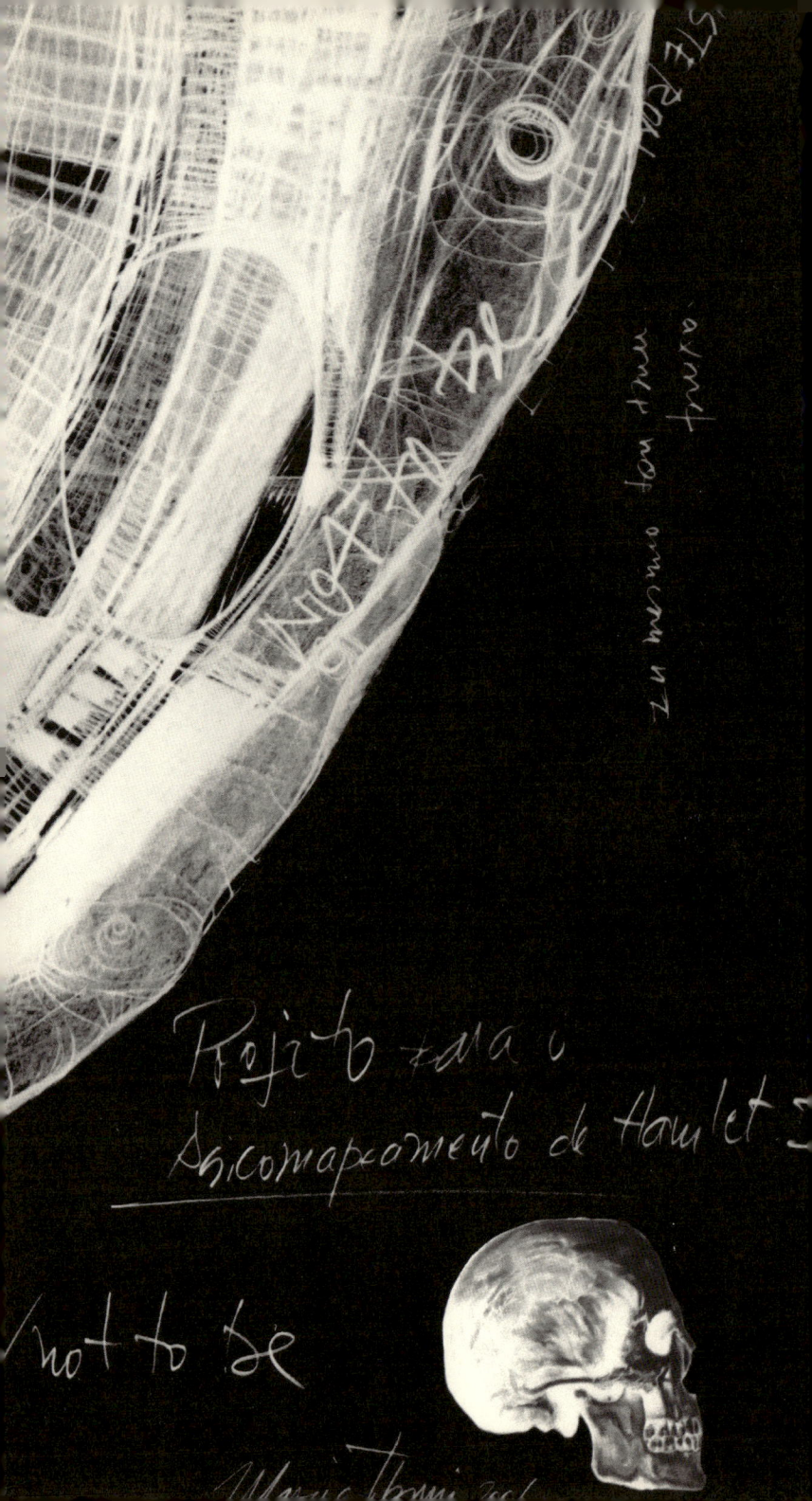

PROJETO PARA O PSICOMAPEAMENTO DE HAMLET

O projeto ao qual nos referimos pela sigla PPH é promovido por uma associação internacional sem fins lucrativos. Nada no Projeto para o Psicomapeamento de Hamlet pode visar ao puro capital. Mesmo que o interesse financeiro possa parecer seu único objetivo, temos que garantir que essa impressão seja eliminada para que seu resultado seja o mais adequado aos propósitos mais gerais aos quais serve o projeto.

A intenção dos procedimentos levados a cabo por cada um dos participantes do projeto visa, em seu plano mais tangível, a melhoria da raça humana. O chip é implantado apenas no fim, depois de cumpridas todas as fases. Todo tipo de perturbação mental deve ser eliminado, todo tipo de anormalidade física deve desaparecer gradativamente. O caráter estético do procedimento não deve ser ressaltado, ainda que todos saibam que, ao fim e ao cabo, os benefícios da ordem da aparência sejam impressionantes e tragam conforto geral a todos os membros da sociedade composta dos esteticamente melhorados.

Há esperança para os que puderem ser melhorados. Aos que, desobedecendo a ordem natural do projeto, levantaram o aspecto econômico dos procedimentos, bem como os que suspeitaram de que puras questões especulativas e formais fundamentavam o projeto, receberam um sorriso e perderam-se pelo caminho.

Para o sucesso do projeto, são escolhidos como cobaias os que afirmam ter visto o pai morto. Aos desavisados, uma alegação como essa poderá parecer abstrata. Os que mentem são imediatamente eliminados. Ninguém que participe do projeto, no entanto, desconhece seu fundamento. É na família que os participantes são escolhidos. É com o pai que surge a família, sob suas leis que ela se sustenta, é à sombra de seu fantasma que ela se mantém coesa. Brancos e negros, pobres e ricos, todos entram no cálculo do projeto desde que sejam homens, biologicamente falando, e que tenham visto, em algum momento de suas vidas, o fantasma do pai. No entanto, o aspecto programático, o aspecto propriamente filosófico do PPH, não é revelado àqueles que, como eu e meu parceiro, devem apenas executar uma parte da tarefa.

Os executores, entre os quais me incluo junto a meu colega, são escolhidos e contratados depois de demonstrações concretas, comprovadas em todos os níveis da ciência, de que somos psicologicamente fortes. Sobrevivemos aos nossos pais, jamais derramamos uma lágrima, nunca nos queixamos de sono ou fome, somos capazes de ficar sem comer e dormir por muito tempo. Recebemos nosso pagamento modesto, às vezes em dinheiro, às vezes em mercadorias, e não nos queixamos quanto ao pagamento dos impostos elevados. Temos comida garantida quando não estamos trabalhando. Enquanto somos o que somos, eu sempre digo, não estamos no lugar dos candidatos.

Fomos chamados para verificar a veracidade das falas dos capturados e analisar os efeitos dos critérios de verificação aplicados. Sob condições policiais, cercados por todos os lados, protegidos em nosso ofício, verdadeiramente blindados, não temos do que nos queixar como trabalhadores. Temos condições perfeitas em nosso laboratório. Além disso, o nosso é o melhor trabalho que se consegue nessas terras, é uma verdadeira posição social. No caso analisado, sobre o qual sou obrigado a redigir esse relatório, o que desencadeou os efeitos que levaram à situação em que nos encontramos agora, não tivemos outra escolha. Era impossível prever o que estava por vir quando o candidato foi lançado em nossa sala. Somos treinados para ficar atentos a cada detalhe e para tomar a decisão 242 apenas se surgir algo de extraordinário ao procedimento, momento em que deveremos ter ainda mais cuidado e, sinceramente, não soube de quem o aplicou antes de mim.

Voltados que estamos desde sempre à execução de nosso ofício, não imaginávamos o que poderia suceder no caso em questão, não havia em nossa história nada de parecido. Estávamos preparados, como eu disse, apenas para o que iria acontecer com o escolhido. Em relação a nós mesmos, tudo deveria permanecer como estava. Meu colega ainda me olhava perplexo há poucos minutos. No rosto, um sorriso irônico que ele não se esforçava por esconder. A ironia me pareceu, naquele momento, nada mais do que desamparo, e foi ela, na forma de um excesso incontornável, que o colocou no lugar onde está agora.

No momento em que o procedimento passou a ser executado, um frio incomum invadiu a sala, como se o ar condicionado tivesse extrapolado de sua máxima potência. A temperatura ambiente deveria manter-se fria sem ultrapassar quinze graus, já que os corpos suam e, abatidos, recuperam-se melhor em temperaturas mais baixas. Precisamos de homens capazes de se erguer o mais rápido possível, desses que não se deixam abater. O frio abaixo de zero não estava previsto e o homem não conseguia se mexer. Os membros, mãos e pés, estavam arroxeados. O candidato, mesmo estando nu, não parecia perceber seu próprio estado.

Perguntamos seu endereço, número de registro civil, se tinha alguma alergia. Nenhuma resposta. O frio continuou e, em alguns momentos, eu tremi. Nunca imaginamos que pudesse haver algum problema com o ar central. Antes eu pensava tratar-se de mais um momento da aplicação do programa, uma parte do método, do qual eu não seria avisado, nem meu colega. Do mesmo modo que não fomos avisados da característica peculiar do candidato que estava nu à nossa frente.

Da mais completa imobilidade, o candidato passou a um contorcionismo estranho. Agia como se fosse parir uma criança e falava de um *desejo de matar* que soava urgente e angustiante. Fomos treinados para atingir um grau de falta de compaixão ideal, mas a temperatura prejudicava a nós mesmos naquele momento e não era possível não perceber o nível de sofrimento ao qual o jovem estava submetido.

Era a esse *desejo de matar* que, antes da entrevista, o penúltimo candidato analisado, outro negro jovem que nos olhava de modo ameaçador, se referia. Sempre anotamos aspectos desses olhares. As formas de olhar devem ser catalogadas, ainda que façam parte do caráter mais subjetivo da investigação. Elas podem servir para conclusões mais complexas nos altos escalões do governo. Desse novo candidato não conseguimos descobrir a tonalidade exata da cor. Como no caso anterior, a angústia apareceu logo depois da raiva, mas não tínhamos meios de catalogá-la.

O dado mais concreto envolvendo a condição da pele do candidato, causou arrepios em meu colega.

Laertes sempre foi um fraco. Ele tentou disfarçar ao afirmar que o ar condicionado é que havia provocado a aparência do candidato, mas eu sabia que não se tratava de um efeito. Como em uma série cujo fim é impossível conhecer, como um começo perdido no tempo, o novo candidato nos chegou falando as mesmas palavras ditas pelo candidato que havia sido analisado poucos minutos antes. Ele não percebia sua nudez, tampouco sabia o estado em que se encontrava sua pele.

Se tudo nos parecia perfeito do ponto de vista dos resultados esperados, aquele aspecto não descrito previamente, nos deixou sem chão. Não sabíamos o que fazer com ele. Nunca um candidato tinha chegado a nós com tal quantidade de hematomas e úlceras nos espaços em que ainda restava alguma pele.

Até então, anotávamos a cor, os sinas vitais, descobríamos alergias e outras peculiaridades corporais. Agora era preciso descrever o corpo descarnado. Eu já não me lembrava da lição sobre a anatomia muscular e temia o improviso, qualquer erro poderia ser fatal não para o candidato, para mim mesmo e para Laertes.

De maneira repetitiva e redundante o candidato, que nos chegou quase que totalmente nu, não fosse a bermuda rasgada e manchada de sangue que lhe cobria o sexo, falava de si mesmo e do seu ato intercalando com momentos de sonolência: "o importante, o essencial, o fundamental". Dizia como se fosse um disco quebrado, é o desejo de matar. Estranhei que tivesse entrado na sala naquele estado, pois os candidatos anteriores sempre vieram preparados, com o avental esverdeado, com a cabeça raspada e desinfetados com álcool. Esse caso surgia com mais de um dado inusitado, o que o tornava especial e constituía para nós um desafio.

Ele falava de si mesmo como se falasse de um outro, como se fizesse tipo, como se tivesse sido convencido a dizer algo em que não acreditava. Ele se contorcia. O desejo de matar era comum àqueles que tinham sido convocados pelo pai para uma vingança, mas esse desejo organizado desde cima pela instituição à qual servimos nunca tinha aparecido com tanta clareza e ao mesmo tempo, em um tom de contradição. À beira da morte os candidatos costumavam pedir compaixão e não pregar o assassinato como víamos esse fazer agora com um mínimo de destreza discursiva.

O candidato repetiu-se tantas vezes quanto permitiu seu corpo cujas demonstrações de cansaço teriam sido exasperantes para qualquer pessoa comum não habituada a presenciar sofrimentos intensos. Funcionários como nós não se chocam em situações como essas. Os candidatos, sempre escolhidos a dedo, são os que apresentam maior probabilidade de sobreviver e, por isso mesmo, não se entregam facilmente. O candidato daquele momento não pensava no que dizia e, ao mesmo tempo, não sinalizava para o fim de sua resistência. Avisei Laertes que o trabalho ainda duraria algumas horas. Que era uma pena que não recebêssemos mais por horas extras.

O candidato continuava a agonia de sua repetição. Meu colega contou a frase vinte e quatro vezes, eu contei vinte e cinco e, como nunca me engano, tive certeza de que meu parceiro era que estava errado e senti certo prazer ao perceber que seus dias, a partir da minha delação, estariam contados. Ele não percebeu e eu, que nunca tive a obrigação de revelar-lhe a redação do relatório, não fiz nada para que ele suspeitasse de minha intenção. Laertes nunca teve acesso às regras fundantes do relatório. Eu, no entanto, desconfio de que algo esteja errado também comigo. Apenas essa minha desconfiança, eu sei, me fará sobreviver ao cargo.

Depois do frio anormal da sala, passei a desconfiar dos procedimentos e temo que esse relatório, devido ao seu nível de sinceridade, exigido pelas regras acima de nós, possa, ao contrário, ser o estopim do meu próprio golpe de misericórdia. No entanto, nesse jogo, nunca sabemos se é melhor ser honesto ou desonesto.

Após a troca de olhares entre mim e meu parceiro, completado o circuito visual que garante o sucesso dos procedimentos, a decisão se tornou inevitável. O estado corporal do candidato, lapidado na quase totalidade de sua pele, a diminuição da temperatura da sala, usada para preservar sua carne, deixava meu colega a cada segundo mais perturbado. Ele batia com a ponta dos dedos na mesa atrapalhando meus pensamentos. Era um sinal de fraqueza. Nesse caso, quando não conseguimos ser mais fortes do que os candidatos, devemos, depois de ter aplicado todas as técnicas e regras alternativas, apenas então, aplicar a 242. Antes de deixar que o candidato seja atingido pelas costas, devemos aplicar-lhe água, vinagre e sal como se ele fosse transformado em alimento. Só há uma maneira de ele escapar, tomando o lugar de um de nós, mas nem eu, nem meu colega atualmente apavorado, jamais deixaríamos isso acontecer.

O candidato havia sido lapidado, em algum momento anterior à chegada na sala e tínhamos que decidir o que fazer dali para a frente tendo em vista a necessidade do caso. Esquecido de seu verdadeiro nome, da idade e do número da carteira de identidade, ele estava pronto para outra sem que precisássemos usar as drogas que o fariam esquecer onde esteve, de onde veio e para onde iria. Seu nome estava anotado no relatório com iniciais: A.C. Seguindo o padrão do procedimento, perguntei-lhe sobre a mãe, como ela era, se nutria por ela algum sentimento, tal como o que, até o final de 2016, era denominado amor. Ele não respondeu. Sei que conhecia bem a palavra, era praticamente uma senha, mas não sabia o que dizer. Meu colega me olhou estupefato sem entender o que eu dizia, como se não conhecesse o procedimento. Percebi que estava alheio às últimas normas. Quanto ao candidato, pudemos verificar, pelos olhos vidrados, que não havia recebido nenhuma dose de analgésico ou anestésico e que estava em plenas condições de responder às nossas perguntas, ainda que houvesse, no modo como demonstrava angústia, arfando enquanto resmungava sobre o desejo de matar, alguma forma de revolta. Sabíamos que a anestesia prejudicava os procedimentos e que, naquele momento, especialmente com aquele candidato, éramos poupados de ter que delatar os responsáveis anteriores já que tudo se encontrava em perfeita ordem, como deveria ser, sem excessos ou faltas, em um nível controlável de angústia. A pele destroçada não era motivo para alarme. Tínhamos uma margem de dez por cento de erros a suportar e decidimos que a questão estava resolvida. Em relação ao ar-condicionado bem abaixo de zero, e avançando em seu esfriamento, é que eu estava preocupado.

    Tentando entrar na conversa, Laertes perguntou-lhe se teve, em algum momento de sua vida, uma namorada. Calado, com as mãos algemadas, o candidato ergueu os ombros como fez o candidato anterior, apertando as mãos umas nas outras, recobrando a postura inicial no momento da entrevista e batendo com a cabeça na parede em 3 séries de 5. Se tivéssemos ordenado que fizesse o que nos apresentava naquele momento, não teríamos a precisão pela qual sempre podemos medir o sucesso da nossa empreitada.

As perguntas são feitas para desencadear ações que surgem nas formas mais inimagináveis e não devemos fazer nada para contê-las. Eventos que vão de quedas a gritos, de choros a discursos, de soluços a gargalhadas são anotados em cada detalhe. Nossa tarefa, minha e de Laertes, bem como dos demais pares que estão em nosso mesmo nível funcional a trabalhar nas salas contíguas, é anotar tudo o que acontece. A intenção que guia nosso trabalho é de que a falta de controle dos candidatos abra espaço à melhor avaliação quanto à natureza do acontecimento desencadeado diante dos nossos olhos. Na intenção de medir a força física e psicológica de nosso candidato, somos os mais atentos.

Pude perceber o motivo concreto que levou o último candidato ao caso raro de descontrole que tivemos a oportunidade de presenciar. Eu anotava cada detalhe, enquanto meu colega fotografava a cena. Sei que esperava um trabalho absolutamente minucioso de minha parte, sempre foi assim. Enquanto eu anotava os gestos compulsivos do candidato e, ao mesmo tempo, os gestos de meu colega a operar a máquina de fotografar, lembrei-me de que antigamente o chamávamos de Eduardo, mas seu nome é Laertes. Hoje ele está cadastrado sob o número 133 enquanto eu, que vim um pouco antes, sou o 130. Não conhecemos os que estiveram entre nós. Eu pensava estar livre da memória, mas também eu posso estar comprometido para sempre, o que só descobrirei indo até as últimas consequências do programa no qual se inscreve este relatório. Não localizamos chips em nossos corpos. Estou agindo por minha própria conta, eu sei, mas Laertes não pensa assim. Ele pede para sair no meio do procedimento, deixando a câmera programada para clicar sozinha, e eu tenho medo do que possa estar sendo planejado enquanto me dedico com toda a atenção ao nosso trabalho. Não é a primeira vez que ele sai e demora a voltar. Todas as vezes apresentou desculpas convincentes, e o mesmo deve ocorrer agora. Deve ter esquecido, penso eu, que aqueles que estavam entre nós foram suprimidos por falta de competência. Também o meu colega pode ser denunciado por abandonar o procedimento em nome de meras necessidades fisiológicas. Contudo, eu sou um bom companheiro e jamais delataria um parceiro como Laertes. Em nosso setor é preciso desempenhar, todos sabemos desde o começo, nem sempre sabemos o que acontece com quem não consegue cumprir com sua parte, mas isso não me importa. Eu estou livre do medo.

Talvez Laertes tenha lembrado meu nome em algum momento, assim como me lembrei do seu e, do mesmo modo que eu, deve permanecer calado. Uma informação tão inútil como essa deve ficar de lado para o avanço do método. Esquecer é mais fácil quando nos esforçamos por esquecer. Com o tempo, nos livraremos de vez desses dados de memória inúteis que nos atravessam o cérebro. É uma das últimas regras do manual de conduta ética que devemos decorar para seguir com o serviço e superar, de modo otimista, todas as falhas.

Os nomes dos candidatos devem ser esquecidos. Mas as iniciais não. Caso precisemos fazer alguma comparação no futuro, as letras básicas podem servir de sigla. É uma medida de segurança procedimental que pode soar excessiva aos novatos, mas que é necessária. Vivemos da segurança da própria segurança. O que evita que precisemos falsificar resultados e, descobertos, corrermos o risco da pena de morte. Do mesmo modo, a declaração de minha desconfiança é um procedimento de segurança e eu próprio posso ser destituído por ela. Minha própria autodeclaração pode ser o meu fim, mas não posso contrariar o compromisso assumido em relação ao PPH. Ao mesmo tempo, o sucesso do procedimento está em não dar consistência a aspectos menores, tais como o nome e a idade, a proveniência e, mesmo assim, saber como tudo funciona. É preciso expor os dados em todos os seus detalhes para melhor controlá-los.

Entre mim e Laertes há muitas diferenças. Nossa diferença fundamental é simples. Enquanto ele quer apenas o dinheiro no fim do dia, eu quero entender os procedimentos e contribuir com a melhor implementação dos processos. Além de tudo, meu companheiro é negro e ele sabe que, embora a questão racial não esteja em voga neste momento, já esteve em outros e voltará a estar assim que a competência branca que nos controla exigir sua supremacia. Eu me calo, pois meu passado pode falar contra mim a qualquer momento e sei que meu silêncio, junto com a extrema sinceridade com que levo adiante os relatórios, marca pontos importantes no sistema.

Enquanto o candidato que se oferece voluntariamente para o experimento exercita-se à minha frente em tom de desespero, eu me apronto para avançar no preenchimento de mais um formulário, a porta é aberta abruptamente e uma menina é lançada no chão da sala. Laertes retorna logo após a entrada da menina para quem não olha, convicto de que a câmera capta todas as imagens necessárias e de que ele não terá mais trabalho.

A jovem que aparenta não ter mais de treze anos de idade está desacordada e com sinais de espancamento. A captura e o tratamento das candidatas vai muito além da nossa alçada. Minha tarefa termina nas anotações a serem feitas a partir do material humano que chega até a sala vermelha onde instalamos o escritório com a ajuda das cobaias em observação. Até agora o chip tem garantido a subserviência em cem por cento dos casos.

O procedimento padrão no caso de uma cobaia feminina como essa é deixar que ela acorde espontaneamente. Cobaias masculinas têm o tratamento mais comum. Deixamos um lápis preto e um vermelho, tinta spray preta, uma bola de futebol murcha, cigarros, dez palitos de fósforos, dois balões de plástico, um canivete e esperamos as reações depois de cutucarmos sua pele com a vara elétrica. Em geral, todos desenham nas paredes, pois chegam pensando que estão em uma simples prisão e não é incomum que, lá fora, já tenham tentado pichar os muros da cidade. Quando não acordam os candidatos são recolhidos no final do dia e jogados na vala comum como terroristas, que de fato, são. Aos que ficam damos um nome: Hamlet 1, 2, 3 e assim sucessivamente. Vivos ou mortos, todos são catalogados. Já sugeri que os mortos parem de ser contados. Pouparíamos muito tempo. No entanto, os que estão acima de mim alegam que não há diferença entre eles. A meu ver essa indiferença pode colocar todo o projeto em risco. Ainda não atingi o momento da carreira em que poderei dar as cartas, em que todos serão obrigados a me ouvir. Por enquanto, obedeço à regra que nos informa que os mortos são uma medida do sucesso e sei que serei promovido.

As meninas recebem um nome quando ficam vivas: Ofélia 1, 2, 3, mas não chegamos até agora nem a uma centena delas. Eu e Laertes estamos juntos desde o candidato 1212 da sessão 31614. Fomos promovidos duas vezes em função de méritos sobre os quais só tenho a dizer que não vi a participação de meu colega. São meus esforços, é a minha concentração, que permitem que avaliemos mais de dez casos por dia. Mas isso não importa agora. Um dia ele estará no lugar dos candidatos, o que deve acontecer em breve, enquanto eu, se tudo der certo, terei seguido em frente por meu próprio mérito.

A entrada da menina é parte fundamental do projeto. É importante que chegue viva e em bom estado, embora nem sempre possamos contar com isso. Até hoje não entendi porque nos enviam tantas em estado tão precário. Deveria haver uma triagem anterior a esta sala que ocupamos agora, cuja temperatura passa a enregelar ainda mais meus dedos até chegar à dificuldade de digitar em que me encontro agora. Por economia, algumas dessas meninas são usadas em outros momentos do processo e nos chegam muitas vezes em situação mais precária do que aquela. Não foi fácil providenciar um método capaz de aproveitar todas as sobras. Com o que aplicamos há algum tempo, é verdade que já não importa tanto que nos chegue viva ou morta. E mesmo que eu considere um desperdício, ainda não estou em condições burocráticas de opinar sobre os meios e os fins.

A observação deve ser minuciosa e o mais descritiva possível, mesmo quando se trata de apenas falar sobre o cadáver descartado logo após a análise. Devemos narrar objetivamente sem ocultar nenhum detalhe. Laertes é responsável pelas fotografias, eu sou responsável pelo texto. Nem mesmo o cheiro deve ser deixado de lado, o que fica por minha conta, já que as imagens não contemplam esse aspecto. Se perdermos algo de vista, como a mudança na cor da pele, podemos ser punidos. Por isso, trabalhamos em duplas que se desfazem apenas quando um dos membros mostra sua incompetência. É difícil que haja capitulação. A maior parte das duplas segue unida até o fim da vida. Esse fim é evidentemente incalculável, pode se dar a qualquer momento. Os que reclamam conhecem seu momento imediatamente. Laertes me olha como se soubesse disso e quisesse mudar o rumo das coisas inexoráveis.

Na observação em questão, ficamos atentos à expressão "desejo de matar". O frio avança e eu percebo que a diminuição da temperatura é um teste aplicado a mim e àquele que há tanto tempo é o meu colega. O voluntário para de bater a cabeça e cessa seu falatório sobre o desejo apenas quando cai de joelhos a olhar fixamente para a menina que jaz morta, ou praticamente morta à sua frente, dizendo que a ama. Contei trinta e nove vezes ao longo de quarenta e cinco minutos em que ele permanece comovido, consumido em sua dor, suspirando e soluçando no ritmo que, aos poucos, demonstra um inevitável esgotamento. Nos primeiros dez minutos a expressão *eu te amo* se repete praticamente sem barulhos ou esgares. É dita entre intervalos sucessivos de silêncio que não duram mais de trinta segundos, até uma pausa de um minuto e dezoito segundos. Naquele momento, o candidato começa a chorar compulsivamente e a dizer o contrário do que dissera até então à cobaia feminina. Ele diz *eu te odeio* até que, no trigésimo sétimo minuto revela, como que explicando a si mesmo – e, desconfio eu, que tendo em vista a consciência de que é observado – que está infectado pelo desejo de matar.

Laertes nestes momentos quer sempre economizar tempo e chamar o próximo. Ele não suporta os sentimentos que surgem em sua natural anormalidade. Prefere ministrar um antidepressivo enquanto o procedimento correto implica apenas controladas doses de álcool. A total confirmação do que já sabemos parece suficiente para seguir adiante. Ele esquece que é preciso insistir, somente assim obteremos a confissão. Há momentos em que quase me convence de que, se a cobaia fosse uma garota conhecida, teríamos outro resultado. Mas eu sei que nosso sucesso depende do respeito ao tempo do procedimento e do caráter aleatório da cobaia feminina em relação à qual a cobaia masculina age. Somente assim chegaremos à mãe, figura que está em nossa perspectiva a longo prazo. A mãe é sempre a mais difícil de capturar, esconde-se melhor com sua prole e surge nesta sala sempre amarrada pelos punhos e tornozelos.

Somente respeitando o tempo, o candidato confessará o que queremos saber. Dirá que matou o pai e que o fez apenas porque não conseguiu matar a mãe. Em geral, a mãe foi morta pelo pai, em geral o pai não reconhece o filho. Os motivos do assassinato, no entanto, serão avaliados em etapa para a qual ainda não fomos convocados e para a qual, tendo em vista as atitudes de meu colega, provavelmente não seremos.

Neste ponto, meu colega finge que não há mais tarefa alguma. Foi assim até agora. Seu olhar desamparado é quase um pedido que eu finjo não entender, já temos problemas demais, ele quer dizer quase que telepaticamente, já que não trocamos uma palavra enquanto trabalhamos. O ar gélido além do suportável torna evidente que as coisas vão muito mal para nós.

Certo de que não devo perder tempo, uso a prerrogativa 242, interrompo o preenchimento do formulário, conduzo o candidato até a porta e delicadamente, sem que ele perceba, eu o envio ao próximo estágio ao abrir o alçapão sob seus pés.

O frio me constrange, me abraça, como se quisesse me esmagar.

Volto-me a Laertes, que já não entende o jogo de olhares necessário ao momento. Imagino o que deve ter pensado ao ser levado à porta e, com o sorriso que não dou a mais ninguém antes, cair no abismo.

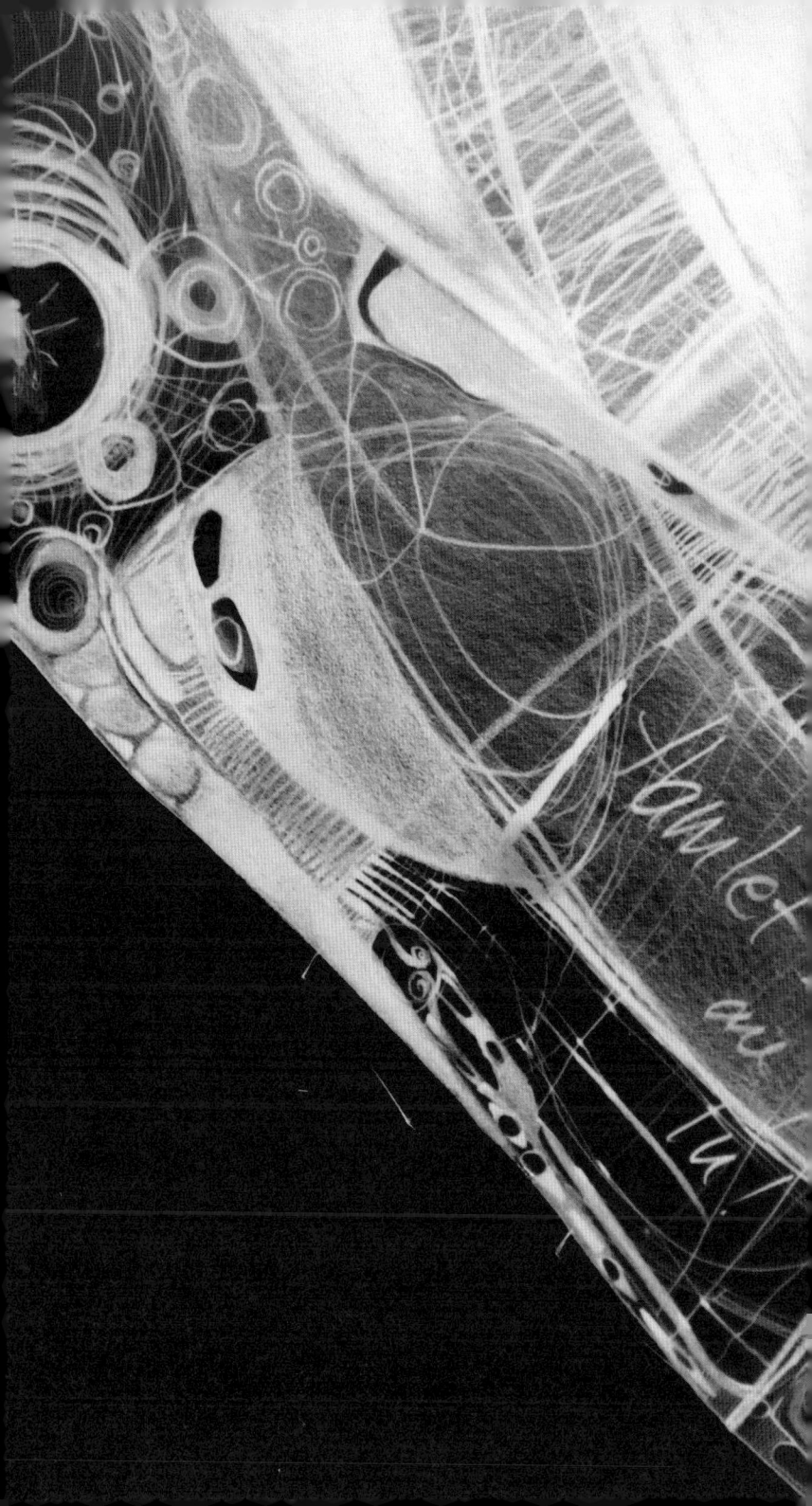

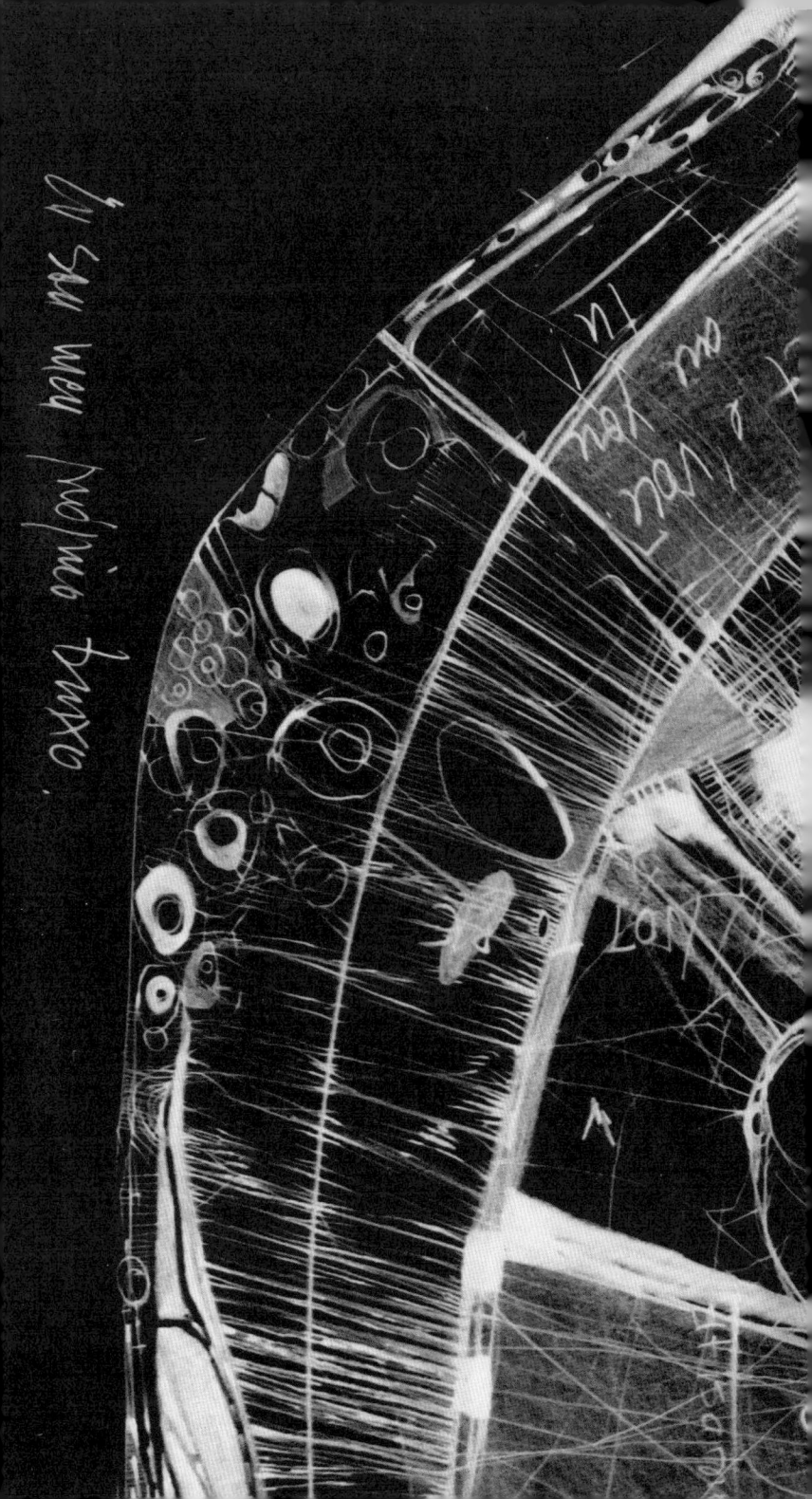

UM HOMEM COMUM

O pai era um homem comum. Essa é a frase com que podemos começar mais um relatório. Que um pai seja um homem comum quer dizer que ele está no seu direito, um daqueles direitos bem humanos e nem por isso menos sórdidos, de ser o mais simples dos cidadãos, um sujeito como qualquer outro, vítima das tramas da vida diária, condenado ao trabalho ou ao desemprego, às contas a pagar, ao casamento e, no meio de tudo, no meio da sua vida modesta a tomar ônibus e metrô, a andar de bicicleta e a pé, a ir e vir do mesmo trabalho todos os dias, ter lhe acontecido de ser pai.

Uma paternidade é uma paternidade, não há nada demais no fato puro e simples de ser pai, de ter se tornado pai. Não há, de modo algum, nada de menos. É que ser pai não é, para um homem comum, uma medida. Nascem crianças todos os dias. Isso quer dizer que mulheres parem filhos, e que o fazem porque um dia engravidaram. E isso porque se encontraram com um homem. No caso, um homem comum. Mas o homem com quem se encontraram, enquanto ele é problema das mulheres, não é o tema do relatório que elaboramos segundo exigências rigorosas e metodologias precisas decididas pela burocracia superior atenta a todos os movimentos e assuntos relativos ao homem comum.

O assunto deste relatório é, portanto, apenas a paternidade do homem comum. É a ela que dedicamos atenções, esforços e toda a nossa capacidade científica. Podemos dizer ainda que a paternidade é nosso assunto independentemente do fato de que o homem comum tenha encontrado uma mulher e que a tenha engravidado. A paternidade é uma ideia abstrata para o homem comum, como a sua própria morte.

Nosso homem comum tem data e número. Trata-se do número 12446 que observamos há mais de trinta e cinco anos. Os outros com quem o homem comum se encontra ou convive não são objeto desse relatório. O que vem significar que devemos nos ater a ele com a precisão para a qual fomos treinados. Não é, portanto, problema nosso o fato de que tenha encontrado uma mulher, igualmente comum, e que tenham vivido um relacionamento qualquer e praticado um ato sexual do qual tenha resultado um filho. Absolutamente, isso não nos interessa. E supomos que não interesse a ele mesmo, pois o homem comum tem sérias deficiências no que concerne. Sabemos, além disso, que as mães não são mulheres comuns. Jamais diríamos isso de uma mãe considerando as intenções diretas que garantem a qualidade do relatório atestado por todos os selos de certificação nacionais e internacionais sobre os quais recebemos os mais minuciosos treinamentos. A maternidade, podemos dizer, nunca é algo comum. Mas essa também não é, de modo algum, a nossa questão. Já a paternidade, resta incompreendida ao homem comum, por sua incapacidade intelectual ou emocional de entender do que se trata.

Nosso procedimento começa por esse nível. Somos impecáveis na produção de diagnósticos relativos ao estado do QI e do QE, respectivamente Quociente de Inteligência e Quociente Emocional, medidores científicos que ainda não foram superados em nossa época. Percebemos na aplicação dos procedimentos que, ao longo desses anos, não foram atingidos os índices mínimos exigidos para que esses índices deixem de valer.

É preciso dizer antes de seguir adiante, apesar da regra 35 que nos obriga a saber o que é a paternidade *em si mesma*, que a paternidade acontece em todos os casos, com bases materiais muito claras e que o caráter subjetivo da paternidade não deveria contar. Sejam ricos ou pobres, pretos ou brancos, alheios ou interessados, a paternidade se dá da seguinte maneira, uma maneira banal que precisamos delimitar aqui e que se resume ao fato de que homens não podem ter filhos sozinhos, por isso têm filhos com mulheres. O que aconteceu com o homem comum, objeto deste relatório, servirá para explicar a materialidade da questão.

Vejam que colocamos a questão em tom universal, pois que se trata de todos os casos dos quais podemos nos ocupar na intenção de justificar este relatório sem o qual o projeto PPH não se realizaria facilmente. O universal é que haja um indivíduo homem que pratica sexo com um indivíduo mulher. Todos praticam atos sexuais, mas os menos inteligentes o fazem com mais frequência e correm mais os riscos, tanto da paternidade quanto, no caso das mulheres, da maternidade. A mulher, por sua vez, é ela quem engravida justamente por ser mulher, mas não devemos nos ocupar das mulheres em nossos relatórios agora, as mulheres não contam, e não é apenas para os fins desse relatório que elas não contam. Ainda não se criou uma ciência que se ocupe desses seres, pois não são o objetivo da preservação da espécie ainda que sejam parte fundamental dela, como um caminhão ainda é fundamental ao transporte dos escolhidos até o escritório, como uma jaula é necessária ao confinamento dos mais rebeldes. Esperamos que a natureza providencie os resultados esperados para as mulheres desde que foram, por atos burocráticos consistentes, condenadas à morte desde o início e ainda assim, não sabemos como, permanecem vivas. Temos nos esforçado muito para que desapareçam, sejam esquecidas ou morram; mas elas se proliferam, o que nos faz pensar, há milênios, que se escondem em ninhos e, já que não podem fertilizar-se sozinhas, proliferam com homens que mantêm como prisioneiros nos confins mais abjetos do planeta.

Os homens é que são nosso problema e nossa maior preocupação. Há cada vez menos homens e estão cada vez mais inúteis. Podemos pensar que os homens casam-se com uma mulher, enquanto ela é o indivíduo que engravida e hospeda em seu interior um outro indivíduo. Ou ainda podemos pensar que um homem tenha sexo com várias mulheres e elas, querendo ou não, no particular ou no geral, engravidem e depois, abortem ou, como dito antes, venham a parir, caso não interrompam a gravidez. Não é objetivo deste relatório analisar mulheres, isso seria contrário a toda a ciência, mas sabemos que os abortos são praticados cientificamente, por pura curiosidade, quando não se deseja que nasça um indivíduo. O sistema gasta muito com esses experimentos, mesmo assim há quem insista neles. Do mesmo modo, nas colônias de escravos proliferam os experimentos com os espécimes mais fortes, os que não adoecem, com o objetivo de melhorar a raça e prover escravos bonitos e fortes, os preferidos no mercado, os que valem mais e que sempre valeram desde tempos imemoriais. Os demais, os comuns, são postos na cidade ao lado até que desapareçam por conta própria. Alguns atravessam o cerco, mas logo são capturados e os cachorros se encarregam de sumir com eles.

Na verdade, notamos há muito tempo desde que observamos indivíduos e grupos na intenção de melhorar cada vez mais esse relatório, que não sendo preciso casar para que a paternidade aconteça, que os homens comuns têm sido cada vez mais negligentes. Casar é um modo de dizer. Uma questão antiga, mas isso não é suficientemente exato e não sendo exato não interessa ao objetivo deste relatório. Sobretudo se pensarmos em tempos muito mais remotos, as coisas podem ficar mais complicadas e não temos interesse em nada que perturbe a realização do relatório ao qual nos dedicamos com o mínimo de interpretação possível. Em outras palavras, na época em que a moral forçou todos a prestarem atenção em tudo, nós ainda não tínhamos desenvolvido o PPH, projeto ao qual muitos outros antes de nós já dedicavam suas vidas.

A moral não é nosso tema e nunca interessaria a um relatório como este comprometido com rigores muito bem delimitados. Porém, é importante saber que a linhagem do homem comum tem história e que o relatório avança à medida que conseguimos nos libertar dela. Antigamente, em tempos muito remotos, quando homens estupravam mulheres e elas ainda não cometiam atos mórbidos como matá-los e devorá-los, os filhos eram muitas vezes resultado do ato do estupro, do que efeito do desejo de alguém capaz de pensar e decidir sobre seu próprio ato. As rebeliões das mulheres sempre foram suprimidas com sucesso, elas nunca foram competentes com armas e por isso estão onde estão ainda hoje, às vezes servindo de churrasco.

O gesto, na verdade uma disposição, de pensar no próprio ato, é o que se deve definir como algo de "humano". Ainda existem comunidades inteiras de seres humanos, mas se encontram longe de nós, vivendo nas margens das florestas, protegidos por armas roubadas de nossos acervos. Raramente capturamos um, mas quando isso acontece, precisamos chamar uma junta de especialistas e seguindo rigorosos procedimentos bioéticos e analíticos, descobrir tudo sobre ele.

De qualquer modo, este também não é o nosso problema. Trabalhamos em um grau muito inferior na hierarquia da máquina antropológica que comanda a burocracia superior. Apenas servimos àqueles que se ocupam das questões abstratas. Assim, o relatório que temos pela frente refere-se apenas a um homem comum, um homem simples, numerado e catalogado desde seu nascimento como todos os outros que analisamos até aqui.

De qualquer modo, o que conseguimos saber com a desenvoltura de nossa competência técnica é que, tanto ontem como hoje, homens comuns, numerados da forma mais adequada possível, podem engravidar mulheres sem comprometer-se com elas e, mesmo não tendo contato nenhum com o filho resultante desta relação, continuarão sendo pais das pessoas que, de algum modo, nasceram por meio deles. É um fato. Temos o objetivo de impedir as relações humanas, mas sempre há homens que se interessam pelos filhos e desejam ficar próximos às mulheres que engravidam.

Não há como escapar das leis da natureza até que se invente uma forma de procriação em laboratório e outros métodos higiênicos de sobrevivência. É, de alguma maneira, à superação destas leis o que visa o projeto pelo qual trabalhamos dedicando o todo de nossas vidas. O homem comum é o homem livre para não ter a preocupação com o sentido da vida, cuja elaboração primeira e última está a cargo da máquina. Por isso, nós que servimos à máquina, numeramos o homem para melhor poder acompanhá-lo, conhecer seus desvios de modo a evitá-los no futuro. Por outro lado, o homem comum é livre, justamente por sua condição banal, para se ocupar de um assunto tão metafísico, caso o tema do sentido da vida venha a lhe interessar. Alguns deles podem conquistar a condição de funcionários, caso aceitem as lições sobre o sentido e se tornem aptos aos demais níveis do treinamento. Quando recebem o número para substituir o nome e outras características da identidade destituídas de função no sistema, eles passam a receber ordens e um salário. Melhoramos muito a vida dos homens desde a implantação do sistema. Mesmo assim, há muitos que ainda não entenderam que é importante retirar as mulheres disso. Que podemos ter uma raça pura, livre de mulheres e outros seres com falhas corporais e hormonais.

Podemos usar outra frase bem parecida para começar o relatório sobre o pai enquanto homem comum. Ainda não decidimos como seguir. Antes disso devemos nos introduzir no simples aspecto da vida que implica que sejamos todos filhos. É imprescindível que isso seja entendido por todos os envolvidos para o bom aproveitamento do relatório. Podemos nunca vir a nos tornar pais, mas filhos é certo que o somos desde que nascemos. Contudo, isso não obriga que uns reconheçam aos outros como irmãos como se pensava em tempos atrasados. Irmãos, quando os há, igualmente recebem números que lhes são estampados nas costas, caso caiam nas malhas dos relatórios. Nem todos conseguem decorar a inscrição e permanecem sem entender o que fazem no mundo. Quando se trata de irmãos os números recebem variáveis em letras até o limite do alfabeto. Nos tempos em que trabalhei com um colega, eu era obrigado a usar as letras, hoje em dia, sem ninguém para me vigiar, deixo-as de fora. Por não acumular elementos e detalhes que podem apenas atrapalhar e por ser essencialmente pragmático, já recebi várias promoções.

Neste estágio, dependendo dos relatores, mesmo os que seguem na mais limitada estreiteza os rigores do método, é possível expressar sua própria concepção de mundo no ato mesmo do relatório. Em outras épocas, dispus os dados em extensos prolegômenos na primeira pessoa do plural, quando falava em meu nome e em nome de meu colega enquanto fomos uma unidade. Estou sozinho desde que ele caiu no abismo.

No entanto, seguirei falando na primeira pessoa do plural, pois que a introjeção das normas me impede de dizer "eu" isoladamente, com tranquilidade e sem que tenha de pagar o preço. A norma garante a segurança do processo. Segundo ela, cada mínimo detalhe daquilo que se pensa deve ser exposto ao mesmo tempo em que se evita a interpretação. Estaríamos ofendendo a máquina a que todos juramos servir há tanto tempo se agíssemos de um modo diferente. A ausência de segredo, sabemos, é o único caminho para garantir a segurança total do sistema. Evitar o pensamento garante que não haverá segredos e, assim, seguimos com o mínimo de trabalho da linguagem de modo a sustentar o rigor do relatório.

Durante nosso treinamento tínhamos autorização para pedir desculpas, quando nos deixávamos levar por raciocínios comuns e perdíamos tempo com aspectos metafísicos. Aos poucos, aprendemos a deixá-los de lado. Não fomos ameaçados por isso. Pensamentos prontos foram substituindo o que antes era elaborado com muito esforço. Os raciocínios particulares demonstraram cedo sua inutilidade na observação para a qual fomos convocados e treinados no mais intenso teste de ventriloquismo e para a qual eu, neste momento, sou chamado a atuar especialmente, ainda que não deva esquecer que sou apenas mais um e, nesse sentido, agir no plural.

Essas explicações podem soar exaustivas, mas são necessárias. Elas justificam por que podemos começar este relatório com a frase "o homem comum era pai", em muito parecida com a alternativa exposta ao início. Podemos fazer isso sabendo que a ordem dos fatores não altera o produto, no entanto, um relatório completo não pode se descuidar do modo como é produzido, do mesmo modo que não pode apagar aquele que o produziu ainda que seu produto deva demonstrar-se capaz de aniquilar o próprio eu.

Para que um homem seja um pai comum ele precisa de algumas qualidades específicas. Pode ser um sujeito calado que se torna uma espécie de acessório da mãe, como uma bolsa que ficou velha e se deixou no cabide, um eletrodoméstico inutilizado que se espera consertar um dia, como algo que faz parte da casa, e cuja falta só se percebe quando estraga, ou um zumbi, algo do qual nos lembramos quando vem nos assustar como o pai de Hamlet fundamental para toda a nossa teoria e prática.

O homem que observamos durante trinta e cinco anos está sentado à janela fechada pelo frio. Dos trinta e cinco anos compostos de quatrocentos e vinte meses, 12.783 dias, contando os anos bissextos, observamos absolutamente todos. Chovesse ou fizesse sol, estivemos aqui, onde agora me encontro, para dar sequência à observação sem a qual não teríamos chegado aos magníficos resultados desse estudo expostos em exatas 145.218 páginas. Começamos a observação no nascimento de seu único filho há exatos trinta e cinco anos completados no dia de ontem.

Descartamos o período pré-natal, pois nosso homem comum não esteve próximo da mãe do filho embora ela morasse em um bairro ao lado do seu. A propósito, fator relevante da vida deste homem comum é que ele mora no mesmo lugar desde que nasceu, sua vida está por acabar e nada mudou, nem mudará. O cemitério é próximo a sua casa e, calculando minuciosamente, vimos que o espaço percorrido por ele em vida não passa de um quilômetro, justamente aquela distância entre a casa onde nasceu ao cemitério onde será enterrado. A mulher, é preciso não deixar em aberto este detalhe, morreu no parto, viemos a saber por acaso. Como foi dito, esse tipo de questão não importa para o efeito do relatório, embora deva ser mencionada para evitar estudos inúteis no futuro.

O que nos importa é que o homem jovem, o filho, está a visitar o pai que lhe abre a porta num gesto mecânico. Devemos estar atentos a cada detalhe. Do ponto de vista de nossa potente luneta, conseguimos anotar tudo o que vimos durante mais de dez anos, depois, com o advento das câmeras cada vez mais capazes, registramos tudo o que foi feito e dito. Fato é que poucas coisas foram ditas, o que nos entediou um pouco praticamente inutilizando os curiosos aparatos de áudio. Na verdade, não posso ocultar que isso entediou apenas a mim. Meu colega, que esteve aqui até hoje pela manhã, considerava maravilhoso que nada fosse dito, assim o relatório poderia ser composto de centenas de milhares de marcadores tais como este que nos é muito familiar ou algum outro que, de tempos em tempos, tínhamos a liberdade de mudar, desde que não interrompêssemos a necessária repetibilidade que sustenta a máquina no sistema da burocracia superior. Demorei muito a convencê-los de que podíamos escrever simplesmente "idem" nas páginas que ficariam em branco. Raramente usamos mais de uma página para um dia, raramente usamos meia página para qualquer outra coisa. Não fossem exigências da burocracia superior, o relatório poderia ser resumido em quatro ou cinco dessas folhas em branco pautadas que, bem no começo, antes da chegada dos computadores, preenchíamos a mão. Mas o sistema não sustenta a inexatidão e precisamos medir tudo em caracteres. Assim como os homens comuns em números. Temos que evitar panes a todo custo, pois um colapso pode ser fatal para a máquina que rege a todos nós.

    O pai está sentado próximo à janela há trinta e cinco anos. O homem que chega é, por um momento, mais velho do que seu próprio pai. Corrijo minha percepção melhorando a posição da lente e percebo que são fisicamente muito parecidos, embora tenham idades diferentes relativamente ao fato de que um seja o pai e o outro o filho. Ambos são homens comuns. O que nos obriga a dizer que este relatório poderia começar ainda de um outro modo, a saber, com a seguinte frase: "O filho era um homem comum". No entanto, por mais que o filho esteja aqui, e tenhamos esperado por ele por trinta e cinco anos e mais um dia, nosso interesse não recai sobre ele. Nosso assunto é ainda, desde sempre e para sempre, o pai. Esperamos todos estes anos por este encontro em nome do qual forjamos esta pesquisa e este relatório. Meu colega, estivesse aqui, corrigiria a terminologia referindo-se a "contato", mas prefiro em certos casos termos diferentes, ainda que carreguem um pouco mais de expressão.

Considero que, modicamente usados, eles podem aperfeiçoar a ciência em vez de prejudicá-la pelo clamor à atenção que tem o poder de despertar as mentes mais adormecidas. Sabemos que a atenção é experiência do cérebro acionada pela diferença e não podemos desconsiderar isso no que tange ao objetivo do relatório.

Poderíamos sustentar a justificativa do relatório por mais algumas páginas, pois não há ação sem teoria que a fundamente. No entanto, é preciso ir aos fatos, apenas eles têm o poder da demonstração que interessa aos fins deste relatório. Devemos tratar do encontro que começa, portanto, com a abertura da porta. Não nos interessa que antes existisse uma hesitação do filho ao bater à porta. Não sabemos de onde vem, nem o que pensa. Temos apenas o fato de que o filho é filho do homem somente à medida que está diante dele e revela-lhe esta hipótese.

O pai não sabe quem o procura. Sabe, neste ponto, apenas remotamente, que tem um filho, mas não o conhece. Não podemos dizer que se esqueceu dele, pois não temos sinais de que tenha lembrado anteriormente. O filho pergunta-lhe se é fulano de tal, algo como Pedro ou Paulo. O homem afirma que sim com um gesto da cabeça e permanece mudo como esteve durante todos estes anos, salvo nos momentos de extrema necessidade em que precisou falar. Uma vez com o carteiro, outra vez com um cobrador da firma de fornecimento de energia elétrica. Não é o caso agora. Senta-se diante do filho sem oferecer-lhe um lugar. O filho permanece em pé. É então que ali mesmo em pé ele introduz um conteúdo inesperado para o pai comum que até agora era apenas um homem comum.

O homem comum, filho e mais jovem, embora pareça, por algum motivo que nos escapa, mais velho, dá dois passos na direção da janela onde o pai está sentado. Aproxima-se de tal forma que pode sentir seu hálito. Sendo um homem que fuma e raramente higieniza-se, podemos garantir que seu cheiro não é agradável. Também não é o do filho. Mas estamos falando de um pai e não de uma mãe, o que combinaria bem mais com este tipo de questão estética, irrelevante neste momento. Há um novo conteúdo concernente ao fato de que o homem em pé pergunta ao homem sentado se podem conversar. Desacostumado de falar, o homem sentado não se move, não muda de posição, mantém as mãos sobre os joelhos numa estranha postura tão enrijecida quanto, estranhamente, disposta a alguma coisa. Ele diria "fale", mas sabe que seria um excesso. Poderia estar com os braços cruzados, com as pernas cruzadas, com alguma forma de atenção que se dirigisse a qualquer coisa a seu redor, mas só o que vemos é seu olhar pendendo para o lado direito e para o lado esquerdo num movimento pendular. O homem em pé, olhar penalizado, cenho contrito, mandíbulas enrijecidas. Poderia ser raiva, mas sabemos que é pena o que sente, ainda que não se possa avaliar um sentimento e, assim, relatá-lo com o rigor da descrição que norteia a metodologia deste relatório. Mas sabemos, de qualquer modo, depois de tantos anos de experiência, que se trata de alguma sorte da piedade, aquela que muitos expressavam há mais de cinquenta anos quando entrei na escola e comecei a preparar-me para meu ofício. A formação de todos nós foi aperfeiçoada a ponto que podemos reconhecer os sentimentos sem nos deixar afetar por eles. Hoje não há mais o treino para o reconhecimento, o que diminui a competência dos mais jovens. Nessas horas o valor das experiências pretéritas conta como nunca. Não sei como serão os relatórios no futuro quando não houver mais este tipo de memória capaz de tornar a percepção das coisas arguta ao infinito.

Mas voltemos à observação. Temos neste momento, os olhos do homem comum na posição de filho. Ele concentra sua visão num movimento de cima a baixo que retorna, que se repete, fazendo pensar que está, além de tudo, perplexo.

O homem comum na posição em pé, decide explicar que é filho do homem sentado. Ele o faz emitindo a frase: "Sou seu filho". O homem sentado move os olhos de um lado para o outro como se tentasse acordar de um sono que o toma por inteiro. O filho continua sua explicação dizendo que se chama fulano de tal, algo como Pedro ou Paulo, e espera, por alguns segundos, que a revelação provoque algum efeito mais direto, o que se pode saber devido ao modo como olha praticamente sem piscar para o homem que tem à sua frente. No intervalo entre a voz emitida e a audição do pai, vemos, com a atenção que apenas um relator experiente é capaz de ter, que não são apenas seus olhos, mas todo o seu corpo se insinua para a frente, como se fosse tocar o homem que tem diante de si.

O homem mais velho, o pai, um homem comum do começo ao fim de seus dias, decide mover-se e o faz dando um salto inesperado que derruba a cadeira onde esteve sentado todo o tempo. Apesar de toda a minha experiência e da técnica acurada de meu colega, jamais imaginamos que isso fosse possível, jamais vimos nestes trinta e cinco anos de observação, nenhuma manifestação que nos levasse a deduzir um acontecimento como esse. Na ausência de meu colega, não sei como ficará a credibilidade desta narrativa, pois que se trata de um elemento indeduzível. O homem mais jovem, o filho, um homem comum do começo ao fim desse dia em que o observamos embora não devamos nos ater a ele, dá um passo atrás veloz e tensamente. O pai que não sabe que é pai pergunta-lhe por que veio perturbar sua paz entoando suas frases num canto entristecido.

O filho então responde: "é que vou ser pai".

O pai que poderia neste momento alegrar-se como vimos tantos outros fazerem tantas vezes nestes muitos anos de atenção, apenas senta-se novamente enquanto, em pé e mais afastado, o filho lhe diz: "E vou morrer".

Neste ponto, o homem comum, sentado na cadeira de madeira que range a qualquer esforço de respiração apenas responde: "Você está morto".

Esperaríamos que o filho se revoltasse e se lançasse sobre o pai aos socos. Tanto a alegria quanto a raiva são deduzíveis. Mas o pai, neste ponto, desaparece. Não como fumaça que se esvai, mas como o efeito de um apagamento.

Nós seguimos com outros relatórios esperando que até o fim dos tempos seja possível explicar o fenômeno único que testemunhamos neste último dia do relatório dedicado ao número 12446. A chuva que escorre das nuvens sem parar há trinta e cinco anos dá lugar ao sol e eu coloco o número do filho no próximo formulário. Daqui para a frente ele é nosso objeto e a ele dedicaremos todas as nossas atenções, técnicas, saberes e metodologias.

la filosofia

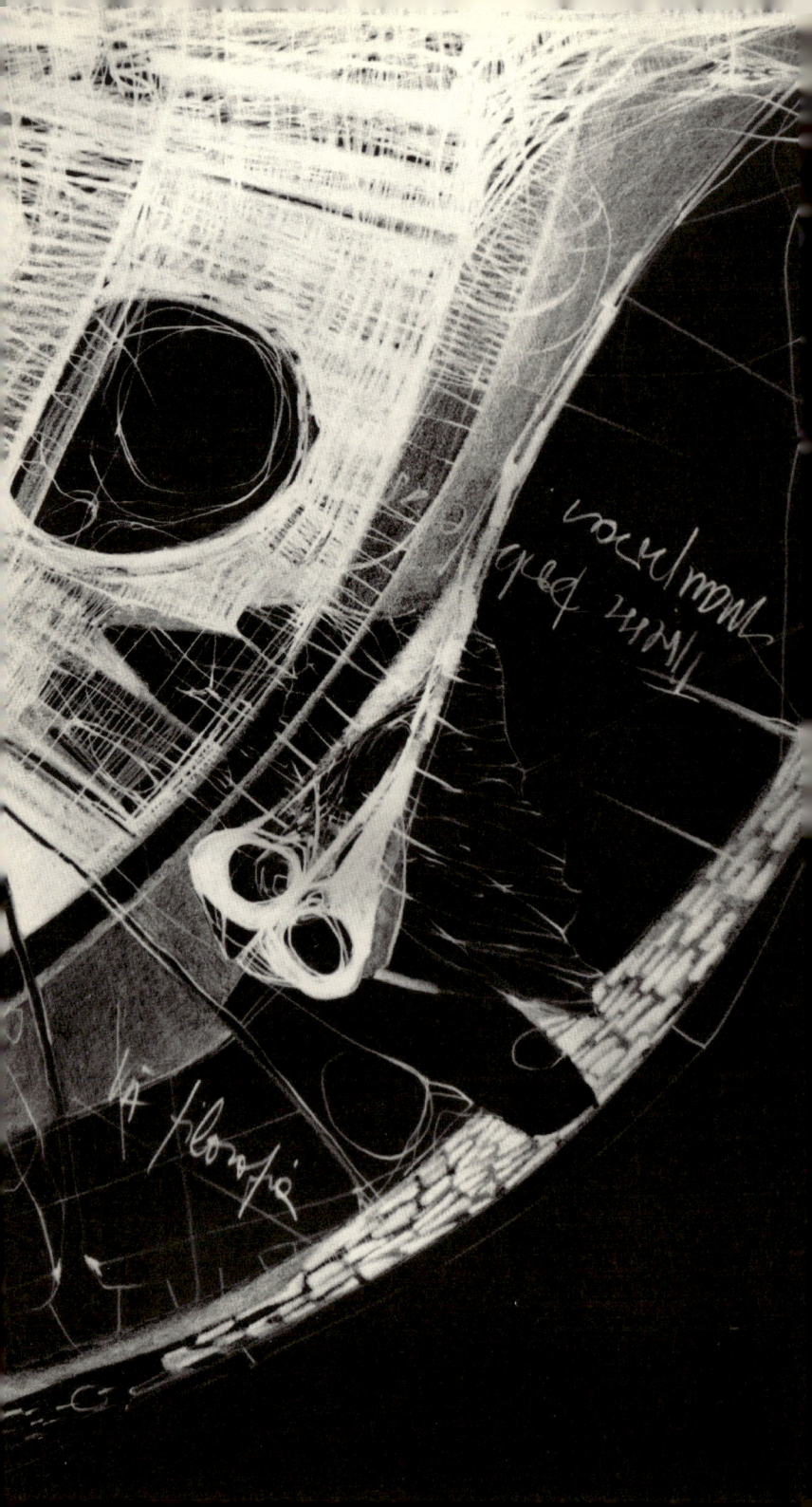

A OTÁRIA

Naquele dia escolhemos mal a otária. A otária é reconhecida no meio da multidão, dentre outras que trafegam indo de um lugar para o outro, pelas falhas na camuflagem. Batom rosa no lugar de lábios secos, meias de seda no lugar da pele. Não gostamos das safadas, as que olham de esguelha. Uma alça de sutiã aparecendo é motivo para classificá-la entre as fáceis. Mesmo as mais acobertadas são facilmente reconhecíveis pelo cheiro ferruginoso de sangue. Quando conseguimos mapear as que andam na região, decidimos pela otária do dia. Não usamos qualquer uma.

As menstruadas são descartadas antes de mais testes. As grávidas são levadas para a sede do projeto. Não podemos usar as mais limpas, nem as mais sujas, precisamos da otária ideal que sempre acaba por se oferecer ao nosso olhar mais simples e despretensioso. Ela não deve imaginar o que lhe pode acontecer quando nos dá a mão, mas se oferece. Em sua oferta temos a chance de levar nosso projeto adiante sem nenhuma culpa. Assim podemos começar nosso trabalho que depende da escolha perfeita para realizar-se de modo impecável.

Naquele dia escolhemos mal a otária. Fomos treinados por meses para o reconhecimento. Não é admissível qualquer tipo de erro quando se trata de otárias simples capturadas na rua. A punição de quem erra é o banimento do projeto e o abandono nas margens da cidade, sem roupa, dinheiro ou comida. Por isso, somos treinados para a fidelidade total à máquina que está acima de todos nós, na qual somos eleitos um a um até sermos batizados. Somos treinados para respeitar o programa previamente definido muito antes do nascimento de qualquer um de seus operadores. As otárias alimentam o sistema com seu sangue, mas o importante é que sirvam de exemplo a todas as outras que podem ser pegas de surpresa tendo em vista o fim para o qual foram capturadas.

A otária da vez trafegava pela rua carregando uma bolsa de couro azul, sapatos dourados, os cabelos presos no topo da cabeça. Uma camiseta branca fazia saber que não tinha complementos. Nunca capturamos um exemplar com complementos. Sem chips, sem gadgets, sem artificialidades quaisquer que visem a autoproteção. Precisamos de um tipo ingênuo, capaz de acreditar em nós por meio de simples gestos que possamos emitir, tais como levantar a mão oferecendo passagem, um piscar de olhos como os de antigamente. Vimos muitos filmes para chegarmos a esta formulação. Sem os filmes não seríamos tão competentes no que devíamos fazer. Esta foi a parte cansativa para meu colega que espera que tudo aconteça sem esforço. Sabemos que nada se dá sem esforço e que o trabalho árduo oferece recompensas na outra vida. Por isso, nos entregamos ao nosso guia cuja existência na forma de poderosa máquina ontológica de engrenagens metafísicas, ainda que corporais, é almejada por cada um de nós.

Sabemos desde o treinamento realizado nos meses do inverno sob a crueldade do frio, quando a geada parece com diamantes fragmentados sobre o chão, que as otárias perfeitas são atraídas por miçangas como todo ser primitivo que troca ouro por qualquer pedaço de plástico. Nunca devemos usar espelhos senão quando, depois de algumas horas de busca, nenhuma delas vem até nós. As otárias perfeitas estão cada vez mais raras. Se elas não surgem, ou se estão camufladas a ponto de não serem reconhecidas, pois como baratas elas especializam suas proteções, então partimos para a parte B do plano previamente estabelecido e somos obrigados a nos contentar com otárias imperfeitas, aquelas que são atraídas por miçangas e, no contexto da fome, até pedaços de pão. Em geral, sentem fome de plástico diferente das otárias perfeitas que não precisam ser alimentadas de modo algum.

Desta vez, tínhamos uma perfeita. Mas escolhemos mal. Assim que ela entrou na van, tratamos de anestesiá-la com éter. O efeito do éter é o mais propício. Evitamos drogas mais fortes, pois precisamos que o indivíduo mantenha algum grão de vontade durante os procedimentos. No caso de otárias pouco resistentes, reduzimos o processo ao mínimo. Esperamos que durmam, o que acontece em segundos, e aplicamos os tubos nas têmporas, atrás da cabeça, na testa, no peito e, por fim, nas palmas das mãos. A máquina a esta altura, depois de tantos consertos, já age em silêncio bastando um simples toque na tela para que tudo comece a funcionar. Durante este treinamento lemos o livro de Kafka com o relato do homem na colônia penal. A literatura sabe muito antes aquilo que a ciência demora séculos para provar. Além disso, sabemos que o operador da máquina facilmente se torna um otário ao desenvolver afinidades com o inorgânico e põe, desse modo, a perder todas as conquistas de uma equipe inteira. Por isso, para evitar qualquer tipo de erro, encomendamos o design da máquina a uma criança de cinco anos formada em engenharia, mas que ainda usa mamadeira e, no futuro, não desejará nada e estará apta a obedecer absolutamente. Para muitos a escolha de uma criança para esse trabalho tão sério soaria como um erro fundamental, no entanto, apenas as crianças aproximam-se da mente pura de nosso guia e conseguem alcançar o sentido teleológico do projeto representando seus fins primeiros e últimos.

A criança permanece por perto, brincando no computador, com a caixa de ferramentas, caso a máquina precise de um reparo. É cuidada pela mãe, uma otária capaz de procriar que foi inseminada nos porões da sede. As otárias sempre querem procriar. É por isso que tomamos cuidado com elas quando estão sob efeito do anestésico.

Sempre espero que nada dê errado. Mas dessa vez escolhemos mal. Controlo o medo que tenho de que o processo cesse por algum erro no programa. Minha simples esperança é de que tudo corra bem. É para isso que me engajei no projeto a partir da competência que desenvolvi nesses anos todos após o meu batismo: o psicomapeamento das otárias.

A criança continua próxima, mas creio que este procedimento logo será anulado devido à demonstração paulatina de que não passa de mera convenção. Nada aqui pode dar errado, por isso há certos excessos de cuidado que logo mostram-se inúteis. Começar de novo é sempre desgastante tanto para a máquina quanto para a otária que, ao acordar, pode sentir-se uma vítima da criança em seu próprio habitat. Ela só pode ver a criança, não a máquina. Muitas vezes, no caso de escolhermos uma otária muito fraca, que sucumba aos primeiros movimentos, temos que caçar outra e começar tudo de novo. O que prejudica a produtividade – e pode fazer perder um dia inteiro de trabalho – é o recomeço sempre exaustivo, capaz de produzir sensações de perda insuportáveis até mesmo para mim e meu colega. Fomos muito bem treinados contra sentimentos, como são todos os outros que se engajam no projeto. Nossa força maior está em conseguirmos seguir sem tomar nenhum tipo de substância contra o que sentimos, o que só pode ser alcançado na eliminação dos resquícios de emoção que permanecem no corpo apesar do melhor treinamento. É que acabar com esses resquícios implicaria eliminar o corpo. E, nesse caso, não existiríamos mais. Somos os mais experimentados da turma e logo subiremos de nível, isso se ele não fraquejar. Meu colega, como outros que já tive, tende a fraquejar, o que me agrada, já que assim subo de nível sozinho. Já tive outros colegas que não suportaram o trabalho, todos ficaram para trás. Se este outro desistir, pode ser punido por inépcia. O que sempre é melhor do que ser punido por falta de sorte.

A otária é a garantia de que a sorte programada pela máquina chegará a seu termo. O fim de tudo isso é o que procuramos, como a uma resposta que está, sempre, de antemão dada no fundo dos olhos da otária de quem não temos como nos compadecer. Os espasmos da otária sobre a maca são a garantia de que tudo corre perfeitamente. Minha tarefa, além de todas as outras, é manter seu olhos bem abertos. Única garantia de que não irá nos delatar aos nossos filhos no futuro. Antigamente, tiravam seu sangue com o aperfeiçoamento dos procedimentos, nada mais precisa ser feito, basta acoplar o corpo à máquina e esperar que não haja falhas, sorte, ou morte.

Quando há morte, somos presos por dias e obrigados a comer os excrementos uns dos outros. Muitos de nós desistem da profissão nessa hora, outros voltam arrependidos, pois não encontram nada melhor para fazer no simples cotidiano antes de serem mortos por incompetência.

Mas dessa vez escolhemos mal. A otária simplesmente mordeu a língua e, dizendo o nome da máquina, danificou-a de um modo irreparável.

O Caminho

what is this quintessence of dust?

In memory for those

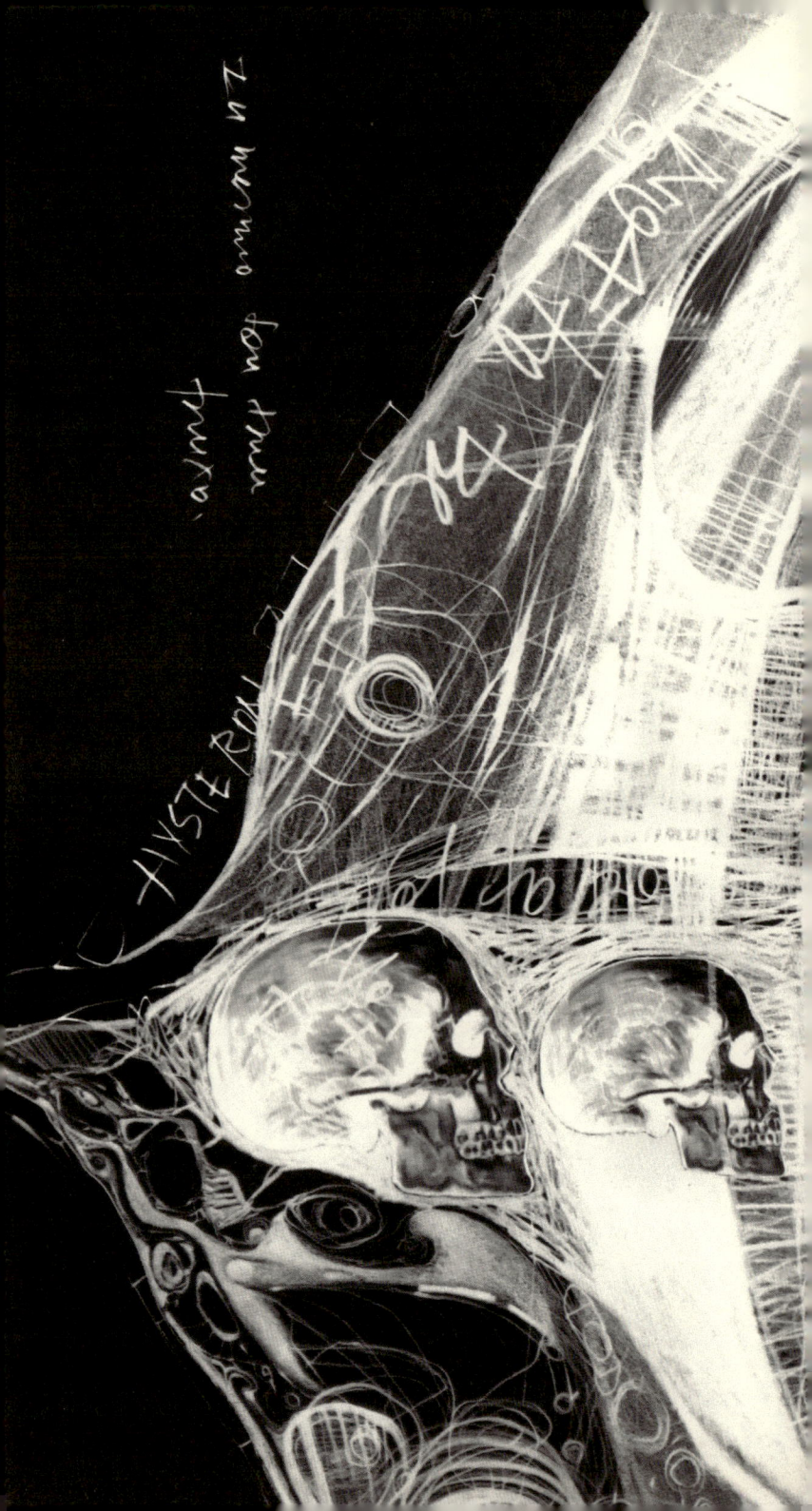

A MÃE

Para muitos é triste ver a mãe a limpar a folha de papel fotográfico na parede do quarto com a imagem do menino desbotando ao sol. A luz entra pela janela da pequena casa de dois cômodos, atravessa a porta a dividir os ambientes e cai sobre a fotografia que se torna a cada dia mais translúcida. Para quem não recebeu o treinamento, ver a mãe nesse estado é um convite à morte.

    A imagem do menino morto é o que procuramos desde o começo. Dela depende a parte fundamental dos procedimentos que permite a realização dos relatórios. O tamanho natural da imagem, os tons róseos e alaranjados que surgem pela queimação dos raios de sol a incidir sobre a superfície, causam a impressão de realidade. A imagem assusta a todos os que não receberam o treinamento, mas não à mãe, que não estranha os olhos pedintes contornados pela mesma cabeleira lisa que cresce, de maneira fantástica, alterando a imagem ao longo dos anos. Como um cartaz promocional, dos que se usam em portas de lojas em tempos de liquidação para chamar clientes, o menino segue imóvel. É a imagem que procurávamos porque ela nos levaria necessariamente à mãe, objeto de nossa caça nos próximos tempos. Estamos à sua procura há anos e finalmente poderemos capturá-la.

    A mãe é perfeita para cuidar das otárias no tempo em que permanecem no cativeiro esperando o avião que vai levá-las ao seu destino final.

A imagem é um display, diz a vizinha que nos vem atrapalhar neste momento, trazendo uma forma de bolo envolta em um pano xadrez. Não temos autorização para resolver a questão da vizinha, por isso a apagaremos aqui mesmo, sem deixar marcas ou sinais. O display com a imagem do menino não ri. A vizinha fala até nos cansar, até que meu colega dispara no meio de uma de suas tantas frases inúteis.

Saímos bem equipados da sede com o Mateba de balas miúdas para usar em situações como essas. A vizinha cai no chão sem fazer barulho algum. E sem derramar sangue. A principal qualidade da bala está em emitir uma enzima capaz de cicatrizar a carne no percurso do projétil. Morte sem sujeira garantida. Como está registrada nos autos, em minutos alguém virá buscar seu corpo e entregará ao governo para os procedimentos funerais. Neste caso, haverá um protocolo com a assinatura do próprio agente dispensando ou não do funeral. Se houver família, é possível que em alguns anos possam saber o que foi feito de seu corpo, caso se interessem. Nem sempre as pessoas se interessam. No entanto, as informações não são destruídas. Há negligência e preguiça em todos os processos. A perfeição do sistema depende da eliminação de alguns pontos fracos, tão elementares quanto difíceis de resolver, pois estamos falando de pessoas e pessoas que, mais cedo ou mais tarde, demonstram alguma fraqueza. É o que aprendemos no treinamento e o que devemos superar. No meu caso, não deixo nada para trás, e controlo o meu colega de ação. Qualquer imperfeição é sinal de má sorte.

A mãe não percebe a própria vizinha caída. Ela não percebe mais nada. Sabe apenas chorar com o olhar concentrado na imagem do filho. O pó consumiu a casa, há restos de comida, migalhas de pão, uma panela com as bordas mofadas e moscas sobre a mesa. As paredes descascam em torno da porta escancarada há tempos. O corpo de tal modo magro, os cabelos ralos, a pele como algodão cru, lembra uma boneca de vitrine deixada ao relento.

Em segundos aplicaremos a droga que a fará dormir. Se deixássemos Laertes decidir, ele usaria o dobro da dose. Acostumado a não medir as consequências, um dia pagará por isso. A mãe acordará na sede e será chamada pelas otárias que foram treinadas a limpar o chão e a seduzir as novas companheiras com palavras emocionalmente corretas. O sistema funciona perfeitamente desde que os procedimentos de colaboração foram implantados. Ali, a mãe não se lembrará de mais nada, mas manterá as repetições que nos interessam analisar.

A mãe é usada no processo mais básico do psicomapeamento. Por não conformar-se de modo algum, ela é a principal cobaia. Pariu o filho e esperou que se tornasse imagem. Alguns dizem que era um delinquente, mas ela não sabe o que isso significa. O menino era carinhoso e gentil. Há anos ela espera que ele ria sob os óculos escuros enquanto se queixa do destino como fazem as otárias.

Somente nós sabemos que durante todo esse tempo amarrou seus braços à cadeira olhando em seus olhos firmemente e dizendo-lhe em tom muito baixo que ficasse quieto. Estivemos a observar até hoje pela manhã quando vimos que seus próprios olhos tornavam-se escuros como meteoritos apagando-se no ar. As maçãs protuberantes sob as olheiras fundas dão ao rosto um ar de medo. Medindo sua temperatura sabemos que é um disfarce para a raiva, sentimento comum que ataca todos os que não recebendo treinamento não conseguem conviver bem com suas próprias frustrações. Entre as otárias ela aprenderá a comportar-se como deve.

As otárias limpadoras vêm olhá-la bem de perto nesse momento. Uma delas, sempre ao lado, toca-lhe os ombros, na cabeça, começa a puxar seus cabelos para trás até prendê-los. Outra otária, também muito próxima, traz uma tesoura e assim, sem violência alguma, corta todo o seu cabelo, que já era bem ralo. Neste momento não exigimos pressa alguma. Sabemos que os cabelos de uma mãe são a parte mais importante de um corpo que já não pode parir.

Assim que o cabelo é eliminado, a mãe olha para o chão e começa a chorar. O corte de cabelo leva sempre ao mesmo efeito. Começa então a ladainha habitual. As otárias, ao redor, repetem frases decoradas há meses sob a orientação de Agnes. Agnes não olha para a mãe, por isso a escolhemos. Sabe que é diferente de todas as outras e que não ficarão muito tempo juntas.

É aí que eu chego para observar Agnes que, mesmo depois de tanto tempo, ainda se recusa à observação. Seu cheiro me dá asco, mas fui treinado e, por mais que seja difícil em certos momentos, lembro-me bem dos procedimentos para evitar odores em geral. Esta é a minha falha. Fui avisado de que a perfeição não se dá no estágio em que me encontro. Temo, no entanto, que custe uma vida e que eu não possa alcançá-la, pondo a perder o sentido do projeto como um todo.

O chão do alojamento é uma espécie de pista de patinação. Está untado com gordura animal, banha dos porcos criados na propriedade. A mãe é erguida vestindo as roupas que trouxe de casa e sem imaginar o que está por vir, é levada a transitar pelo chão. A mãe escorrega. Agnes vira o rosto para a parede. Disse-me da última vez que precisei entrevistá-la que não suporta esta vida. Quase me comovi, mas precisei relatar o que se passava e ela foi enviada a uma unidade corretiva para uma checagem. Acabou voltando alguns dias depois. Verifiquei o relatório e vi que tinha passado por um processo de estigmatização. Não conheço o procedimento, mas informando-me com meu superior, soube que vou passar por este treinamento em poucos meses caso eu continue com meu crescente e invejável índice de produtividade.

As paredes do galpão foram pintadas de prata. Assim, com luz incidente, o efeito é de luar. As otárias sentem-se bem neste ambiente, sabemos disso porque ficam quietas como em nenhum outro momento. E patinam como aquelas moças vestidas de bailarinas que antigamente faziam apresentações em locais públicos. Durante o treinamento assistimos vídeos em que simplesmente deslizavam vestidas com belos véus translúcidos e roupas bordadas. Laertes perguntou se é verdade que um dia existiram bonecas tão vivas e tão bonitas. Por não ter lido a lição número 459 do livro Gama, foi espancado ali mesmo diante de todos nós. Perdeu dois dentes. Nossa tarefa foi levá-lo à enfermaria onde ditamos a lição para que a decorasse em menos de vinte e quatro horas. A lição consistia em algo muito simples, o que me faz pensar que talvez tenha sido um erro sua punição, pois este poderia ser seu defeito específico. Testou-se assim sua resistência, bem como a nossa, e ele pôde participar do restante do treinamento.

Nosso colega deveria ler um texto em que a palavra beleza aparecia a cada frase, lembrando-se de não pronunciá-la. A cada pronunciamento ele levava um choque disparado pelo modelo de máquina onde todos nós fomos treinados. A palavra não está presente em nosso vocabulário desde o relatório 24, ou seja, foi retirada dos procedimentos desde o começo do projeto. O texto que usamos para a leitura é o único que restou e serve secretamente apenas para a aplicação do procedimento. O argumento é de que promovesse sentimentos indesejáveis. O segredo do indivíduo bem treinado é se deixar sujeitar, mas eu descobri um novo método que me valeu uma promoção e que, doravante, é aplicado antes de mais nada, pois consideram possível que haja pessoas capazes de um total autocontrole. Os processos do treinamento mudaram muito desde que se aproveita aquilo que cada indivíduo traz como uma espécie de capacidade natural.

A mãe está sentada no chão. Caiu dezoito vezes e levantou-se dezessete. Esperaremos para ver se é capaz de levantar-se mais uma vez. Caso isso ocorra, receberá uma roupa fabricada no local e, a partir do segundo dia, o alimento diário que Agnes, num ímpeto expressivo devidamente punido, chamou de ração. É importante que receba alimento apenas amanhã, pois saberá valorizá-lo a partir da fome. Depois de um tempo, se evoluir, não sentirá mais fome e comerá apenas por dever.

A saia e a blusa da mãe estão sujas de banha, mãos e braços, a esta altura do processo, bem como as pernas, favorecem o tombo. Se tiver alguma recaída, colocaremos o cheiro do filho em seu cobertor e ela saberá que tudo permanece na mais perfeita ordem.

Se acordar durante a noite tendo sonhos de angústia, o procedimento padrão será a bala na testa. Isso raramente acontece no caso de mães de imagens, hipnotizadas por suas próprias fantasias. A avaliação genética concluiu há muito que delas depende o futuro da espécie. Até que as pesquisas sejam concluídas, pelos menos esses exemplares serão preservados sem chips implantados.

O futuro da ciência depende de nossa capacidade de observar como sobrevivem.

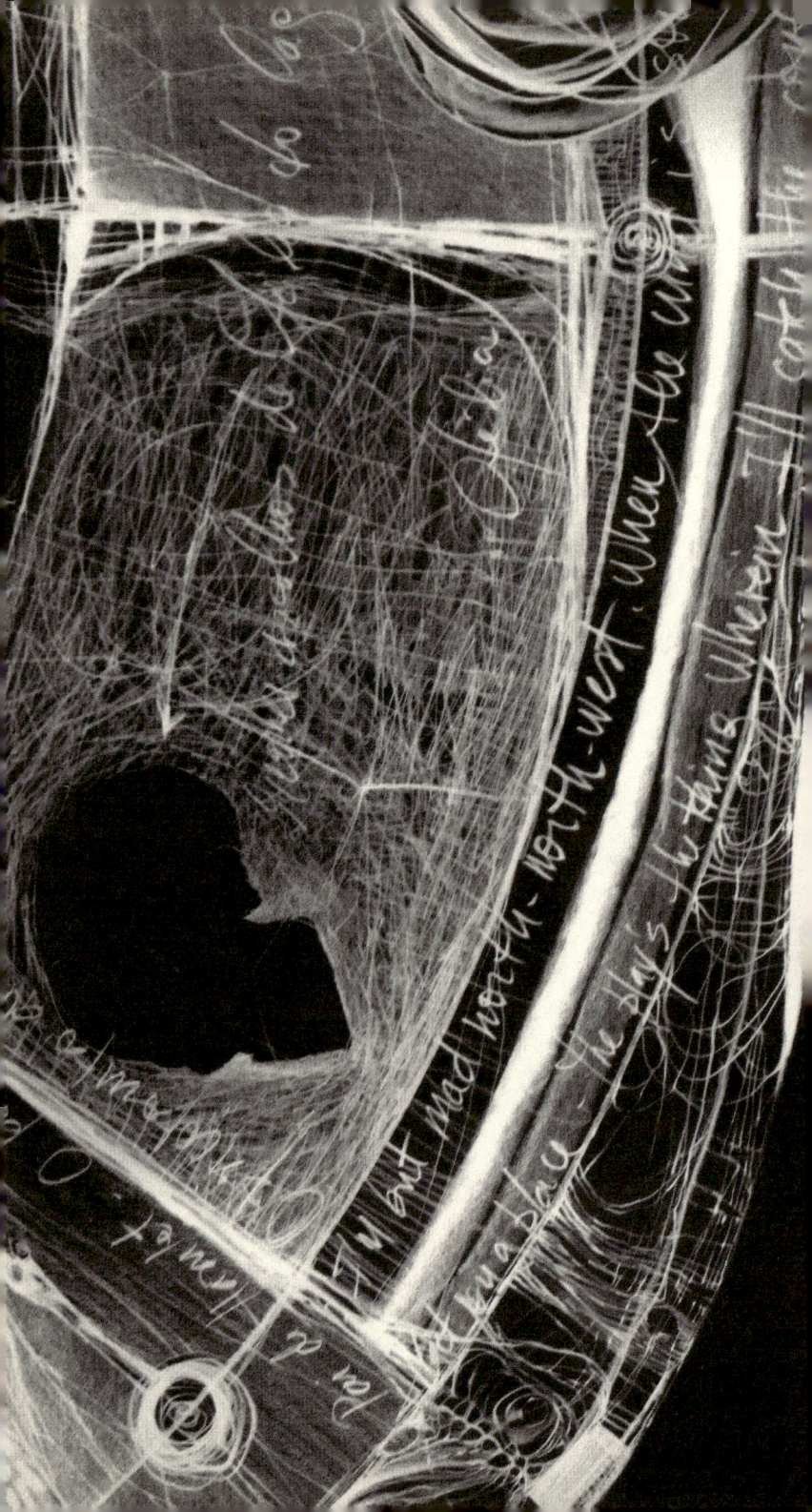

I am but mad north-north-west. When the wind is southerly I know a hawk from a handsaw.

NOTA DA AUTORA

As quatro narrativas desse livro foram criadas a partir de um desenho chamado "Projeto para o Psicomapeamento de Hamlet" que fiz em 2006. O fato de que Freud tenha dito que Hamlet é o substituto de Édipo na modernidade sem, no entanto, ter explicado muito o que isso queria dizer, é uma das principais questões filosóficas que eu me coloco há bastante tempo.

No desejo de compreender o que Freud tentava dizer eu resolvi usar um outro método. Na verdade, eu não sabia inicialmente que era isso o que eu estava fazendo. A literatura sempre foi para mim algo bastante lúdico antes que eu percebesse a sua potência filosófica. Em vez de apenas ler a bibliografia sobre o tema, de comparar análises e argumentos, coisa que se faz ao estudar um determinado assunto, eu decidi fazer uma experiência no âmbito do que vou chamar aqui de inconsciente literário. Eu me deixei levar pelas imagens sugeridas na leitura de Freud e da peça de Shakeaspeare e construí narrativas. No começo não pensei em transformá-las em livro, era mais um esboço como no caso do desenho. Quem estuda desenho sabe que o desenho nos ensina a ver melhor. Mas pensando bem, a literatura poderia dar uma resposta similar.

Na escrita, enquanto observava a estrutura familiar básica da peça em torno do jovem melancólico, hesitante e agressivo que é Hamlet, eu busquei intensificar a próprias características dos personagens. Muitos podem pensar que Hamlet é apenas um menino mimado, um reizinho que pensa que o mundo existe para servi-lo, mas no fundo é uma vítima, mas uma vítima que se torna também algoz e nisso reside a estrutura subjetiva que a tragédia inglesa vem nos revelar.

O primeiro conto, intitulado "Projeto para o psicomapeamento de Hamlet" fala sobre jovens adolescentes capturados na condição de cobaias para um experimento bizarro. Eles levam o nome de Hamlet e são numerados. Passam por um processo de tortura terrível dentro de um observatório marcado por uma tecnologia tão intensa quanto precária.

A Otária, é uma possível substituta de Ofélia, figura que tem a função de interromper o círculo familiar nefasto que se expõe na obra de Shakeapeare. Mesmo assim, Ofélia é aquela que continua a querer morrer. Mulheres melancólicas e deprimidas de nossa época tem tudo a ver com Ofélia. Por isso mesmo, no caso de Ofélia, eu pensei em lhe dar uma outra chance, apesar de seu destino feminino ser tão evidente na peça trágica, a saber, o suicídio.

Ofélia é uma personagem que me toca muito, já trabalhei com ela em pesquisas bastante acadêmicas. Levando a sério o que uma intelectual francesa chamada Nicole Loureaux disse sobre Antígona ter preferido morrer do que casar com Hemon, creio que o mesmo pode ter acontecido com Ofélia. O suicídio não é efeito apenas de uma decepção, mas uma saída trágica para escapar a um destino ainda pior. Por isso, o nome Otária, que lhe dei, é um tanto irônico, o que pode se ver em sua atitude complexa diante de seus algozes.

Um Homem Comum veio depois, quando comecei a observar com mais atenção a matriz subjetiva masculina. O pai, que na tragédia grega do Édipo é morto e na peça de Shakespeare é fantasma, no meu conto é apenas um homem ausente e incapaz de reconhecimento. Ao mesmo tempo, ele é um espectro que não se deixa esquecer. Algo que resta a Hamlet obedecer e vingar, embora ele esteja morto. Em que termos Hamlet exercerá a vingança que lhe é pedida é a questão que nos cabe responder ainda hoje.

A Mãe é a personagem que dá título à narrativa baseada na prisão mental da maternidade. Acredito que esse conto fale de uma idealização dos filhos – Hamlet transformado em um display um pouco vivo, um fantasma espetaculoso – que constitui a maternidade em seu sentido doentio. É pela idealização dos filhos que a maternidade é idealizada, enquanto as mulheres sob a condição de mães servem como escravas dessa ideia.

Também nesse caso, o narrador é um paranoico, a meu ver o sujeito do nosso tempo. Um paranoico que, ao mesmo tempo, padece de inteligência, que tem algo de oligofrênico, de estúpido enquanto se acha o mais esperto de todos. Talvez esse narrador traga um pouco de desgosto ao leitor, mas esse último também pode aproveitar a sensação de entender como funciona uma mente doentia.

Por meio dessas narrativas, eu acredito poder mostrar a dimensão do projeto de aniquilação do sujeito autônomo e de como isso está lançado em nível estrutural em nosso tempo. Nisso um regime de poder antigo e moderno combinam. Todos sempre evitaram o sujeito. Mas se o antigo Édipo revelava um sujeito da lei, submetido à família, metonímia de toda a nossa relação com a institucionalidade, se Édipo era o sujeito que sofria pelo desejo e se tornava um neurótico diante de sua culpa, efeito dos limites dados a esse desejo, Hamlet é o sujeito que tendo encontrado alguém, um rei, uma espécie de novo pai, que lhe impede o acesso à mãe, ou seja, ao desejo, criará uma armadilha para vingar-se desse novo pai/novo rei – vingando-se do outro que era seu pai – mas também da mãe e de todos os envolvidos em sua narrativa.

A história de Hamlet, desse modo, coloca um outro paradigma subjetivo em cena. Eu diria que Édipo é o sujeito da instituição, da lei, da neurose e do amor, e que Hamlet, cuja histeria é proposta por Freud, é o sujeito do espetáculo, do sem limite, da perversão e do ódio. Se Édipo foi substituído por Hamlet, temos que o tempo pede vigência de uma perspectiva em que a instituição é o centro foi substituída pela perspectiva em que a cena é o centro. Hamlet quer capturar a culpa do rei por meio de um espetáculo, e assim fazer com que todos saibam que ele sabe. Mas o que ele realmente sabe? Ele sabe apenas que teve uma alucinação. Sua hesitação no contar ou não tem relação direta com a dúvida que é a sua condição essencial. Dúvida que ele eliminará com uma estratégia desastrosa.

Hamlet é, a meu ver, um retrato do nosso mundo animado por desastres afetivos. Todos somos de algum modo Hamlet-Machine, voltados à vingança e à destruição de tudo. Temos as tecnologias e não poupamos uns aos outros.

Tudo isso com uma alta gradação de distopia. A distopia é uma forma literária que surge de tempos em tempos para nos ajudar a suportar o mundo. Ela parece um exagero onde, na verdade, algo foi apenas sublinhado nesse velho texto do mundo que já conhecemos inconscientemente tão bem. Seguimos para a "play scene" como Hamlets e Ofélias, como homens comuns e mães sem perceber o destino que nos une. Nesse sentido, Quatro passos sobre o vazio é mais que um título.

55

O convívio

What in this quintessence of dust?

I must be idle

Projeto para o
Encenamento de Hamlet

to be / not to be

© Editora Nós, 2019

Direção editorial   Simone Paulino
Assistente editorial   Joyce Almeida
Projeto gráfico   Bloco Gráfico
Assistente de design   Felipe Regis
Revisão   Jorge Ribeiro

Dados Internacionais de Catalogação na Publicação (CIP)
de acordo com ISBD

T554q
Tiburi, Marcia
    Quatro passos sobre o vazio: Marcia Tiburi
    Ilustração: Marcia Tiburi
    São Paulo: Nós, 2019
    64 pp.

ISBN 978-85-69020-47-9

1. Literatura brasileira. 2. Contos. 3. I. Tiburi, Marcia II. Título.
2019-1732   CDD 869.8992301 CDU 821.134.3(81)-34

Elaborado por Vagner Rodolfo da Silva, CRB-8/9410

Índices para catálogo sistemático:
1. Literatura brasileira: Contos 869.8992301
2. Literatura brasileira: Contos 821.134.3(81)-34

Todos os direitos desta edição
reservados à Editora Nós

Fontes Founders Grotesk e Action
Papel Pólen Bold 90 g/m²
Impressão Forma Certa